사랑 하나

남기고 산다면

사랑 하나 남기고 산다면

발행일	2022년 8월 8일

지은이	송춘길		
펴낸이	손형국		
펴낸곳	(주)북랩		
편집인	선일영	편집	정두철, 배진용, 김현아, 박준, 장하영
디자인	이현수, 김민하, 김영주, 안유경	제작	박기성, 황동현, 구성우, 권태련
마케팅	김회란, 박진관		
출판등록	2004. 12. 1(제2012-000051호)		
주소	서울특별시 금천구 가산디지털 1로 168, 우림라이온스밸리 B동 B113~114호, C동 B101호		
홈페이지	www.book.co.kr		
전화번호	(02)2026-5777	팩스	(02)2026-5747

ISBN	979-11-6836-428-8 03810 (종이책) 979-11-6836-429-5 05810 (전자책)

(주)북랩 성공출판의 파트너

북랩 홈페이지와 패밀리 사이트에서 다양한 출판 솔루션을 만나 보세요!

홈페이지 book.co.kr   •   **블로그** blog.naver.com/essaybook   •   **출판문의** book@book.co.kr

작가 연락처 문의 ▸ ask.book.co.kr

작가 연락처는 개인정보이므로 북랩에서 알려드릴 수 없습니다.

사랑 하나
남기고 산다면

송춘길 시집

북랩

사랑하는 분들께

두 번째 시집을 내면서

우리 어머니 이름이 좀 특이합니다. 김포덕이. 성은 김이요, 이름이 '포덕이'입니다. 1941년생이라 일제강점기 일본식 이름인 것 같지만 어머니 말에 의하면, 그냥 '포동포동한 아이'라는 뜻에서 '포동이'라고 했답니다. 그런데 제 추측으로는 출생 신고 때 면서기가 '포덕이(浦德伊)'라고 기록한 것 같습니다.

이 두 번째 시집은 2020년 11월, 뇌경색 이후 치매 증상을 보이는 어머니와 함께 생활하면서 쓴 간병 이야기와 그 틈새의 삶을 엮은 것입니다.

저는 참새였습니다. 어머니 이야기를 '짹! 짹! 짹!' 호들갑스럽게 떠벌리는 그런 참새 말입니다. 그러면서 종종걸음으로 폴짝폴짝 뛰어다니는 참새가 참 저랑 닮았다고 생각했습니다.

그리고 청개구리도 저였습니다. 늘 뒤늦게 어머니의 사랑과 진심을 알아내고 후회하는 이런 시밖에 쓸 줄 모르는 저는, 모든 것을 자기 맘대로만 하던 '청개구리'와 다르지 않았다는 것을 깨달았기 때문입니다.

　'시다운 시'를 '시답게' 써보려고 애쓰는 저의 희망은 언제나 '시답잖은 꼴'로 끝나버리는 것만 같아 죄송스럽고 부끄럽습니다. 하지만 이런 모습 또한 '지금, 여기, 저다운 모습'이라고 생각하기에, '잘 읽어 주십시오.'라는 부탁을 드리겠습니다.

　이 시집을 우리 어머니 '김포덕이' 님과, 제가 사랑하는 모든 분께 바칩니다.

2022년 찬란한 여름
탄감자 송춘길 올림.

사랑하는 분들께

차례

1.

참새와 청개구리
이야기

2.

간병일기
틈새 이야기

3.

나의 삶, 나의 시 이야기

1.

참새와 청개구리
이야기

잔다

잔다.
자정 넘어 이제야 잔다.
혼자 사는 어머니랑
나란히 누워 얘기하다 보니
이 시간에야 잔다.

밑도 끝도 없는
이 옛날 저 옛날
주거니 받거니
시간 가는 줄 모르다가
이제야 잔다.

며칠 잠깐
왔다 갈 때마다
어머니는
그 밤 뜬 눈으로 보냈는데
오늘도 그럴 것인데

이 밤

어머니는 언제 잘까?

어머니 목욕

어렸을 때
우리 집은 가난했고
어머니는
내가 중학교 3학년까지
부엌에서
빨간 다라이에 앉혀
목욕을 시켜 주었다.

사춘기 시절이었지만 나는
부끄러워하지 않았다.
왜 그래야만 했는지
알 건 알았기 때문이다.

며칠 전
팔순 넘은 어머니가

뇌경색으로 입원했다.

다행히 보름 만에
집으로 돌아왔고
나는 제일 먼저
어머니 목욕을 시켜 드렸다.

머리도 감기고
이빨도 닦아 드리고
알몸 구석구석 밀어 드리며
낼모레 환갑인 나는
부끄럽지 않았다.
어머니도
부끄러워하지 않았다.

모른 척

간밤에
어머니가
이불에
오줌을 쌌다.

모른 척
아침밥을 차려 드리니
아무 말 없이
반도 안 드셨다.

창피하다고
밥도 안 먹었다.

그래도
기저귀는 안 차겠다고

그거 차면 버릇 된다고
눈 흘겼다.

모른 척
이불 빨래 돌리고
모른 척
속옷 갈아입히니

한 시간쯤 지나
어머니 기억도
모른 척
눈웃음 짓고
지나갔다.

아들아

아들아!
나 한 이십만 원만 해주라.

그걸로 서부두 가서
고등어 한 다라이 사고
서문시장 가서 팔면
오만 원은 벌 수 있다

내 주머니에 돈푼이라도 있어야
그래야 힘이 나지
단 한 푼도 없으니
내가 살 수가 없다.

너에게 이런 말 하기 싫지만
그래도 어쩌겠냐 아들아!

너 아니면 말할 사람도 없고
몇 날 며칠 아무리 궁리를 해도
돈 벌 방법은 없고
참 답답하여
눈물만 나는구나.

아들아!
미안하지만
나 한 이십만 원만 해주라.

수경이도 다음 달에
미국에서 온다는데
갈 때 차비라도 줘야 하는데
내가 한 푼도 없으니
그렇다. 아들아!

흉보기 1

화장실에 들어가면서
불도 안 켜신다.
어두운 데서도
할 건 다 하신다.
전기를 아끼시려고 그런가?
귀찮아서 그런가?
아니면 평생 그렇게 살아서
그런가?

물휴지 한 장 드렸다.
그것으로 식탁도 닦고
눈물 콧물까지 닦는다.
그 물휴지 한 장도
아직 깨끗하다고
빨아 쓰면 된다고
움켜쥐신다.

내가 청소기를 돌릴 때마다
대충 하란다.

집이 너무 깨끗하면
귀신도 싫어한단다.
귀신 주워 먹을 거라도 있어야
집에 복이 든다고
내 할머니가 살아생전
그렇게 잔소리했단다.

요즘 귀신은
주워 먹는 거 싫어하고
차려주는 거 좋아한다고 하니
대꾸할 힘도 없는지
그냥 소녀처럼 웃으신다.

2021년 봄비

봄비가 옵니다.
바람도 붑니다.

전농로엔
봄비가
꽃비가 되어
흩날립니다.

저는
살짝 치매가 온
어머니께
부침개를
부쳐 드립니다.

어머니 미소가
연분홍 치마처럼
꽃비처럼
흩날리는

바람 불고
봄비 오는
어느 늦은
봄날입니다.

흉보기 2

안방 이부자리가
뒤집혀 있다.
어머니가
위아래 거꾸로
깔아 놓았다.
아래 파란색이
더 고와 보인다고
저렇게 깔아야
요 색깔과
잘 맞다고
뒤집어 놓았다.

밖에 나갔다
들어오니
안방 이부자리가
또 뒤집혀 있다.
어머니는 곱다며
넋을 놓고
바라보고 있다.

어머니는

아들을

고운 이불에

잠들게 하고 싶었나 보다.

합의(合意)

이제부터
소리 지르지 않을 테니
혼자 마음대로 하지 말고
제발 말로 하세요. 말로.

아들아!
내가 아침은 먹었냐?
약은 먹었냐?
세탁기 돌릴까?

이렇게 말로 하세요.
말로.

아까 아침 먹었고요
점심 약도 먹었으니
자기 전 한 번 더 먹으면 되고요
세탁기는 제가 돌릴 테니
어머닌 마늘 까 주세요.

저도 이렇게
말로 할게요. 말로.

천날만날 살고 싶어도
얼마나 같이 살지 모르는데
이제 싸우지 말고
따지지 말고
그냥 좋게 좋게
말로 하자고요. 말로.

밥 먹을 때마다

밥 먹을 때마다
어머니는

맛있는 반찬은
내게 슬쩍 밀어 놓는다.

어머니가
밀어 놓은 반찬을

나도 슬쩍 어머니께
밀어 놓는다.

밥 먹을 때마다
밀어 놓고

다시 밀어 놓기를
서너 번 하고 나서야

어머니도, 나도

밥을 다 먹는다.

그 맛있는 반찬은
그대로 남는다.

어머니와 금붕어

어머니는
금붕어를 키운다.

빨간색 두 마리
하얀색 두 마리

하루에 한 번만
먹이를 줘야 하는데

금붕어가
밥 달라고
입을 뻥긋뻥긋
꼬리를 살랑살랑
하도 예쁘게 구니

어머니는
하루에도 다섯 번쯤
먹이를 줬다.

며칠 전
하얀색 금붕어
한 마리가 죽었다.
너무 많이 먹어
죽었다.

이제
금붕어 먹이는
내가 주고

어머니와
금붕어는
우리 집 거실에서
매일 같이
서부두를 내려다본다.

천상 여자

나이 여든이 넘고
살짝 치매기가 있어도
어머니는
천상 여자다.

환갑 넘은 아들이
오줌 흘린 속옷을 볼까 봐
한밤중에 몰래 일어나
슬쩍 빨아 넌다.

아직 괜찮으니
나중에 가자고 했는데도
기어이 미용실 가서
머리 자르고 염색도 한다.
삼만 원이 비싸다며
종일 구시렁거린다.

오늘은 뜬금없이
싸구려 루주라도

한 개 사 오라 한다.
입술이라도 바르고
앉아 있어야
사는 것 같다고 한다.

그러면서
걸리적거린다고
목걸이도 빼서 날 주고
반지도 빼서 날 주면서
네가 알아서
여동생과 며느리에게
잘 나눠주란다.

어머니는
천상 여자다.

화수분 같은
여자다.

어머니 절약 정신

어머니는
1회용 물티슈를 빨아 사용하더라.
처음엔 치매 증상인 줄 알았다.
아니더라.
행주처럼 빨아 쓰면 된다더라.

오줌 누고도
변기 물을 안 내리기에 뭐라 했더니
어느 날
오줌도 찔끔 쌌는데
내리는 물이 아까워서란다.
한 번 더 싸고 내리면 된다고 우기더라.

화장지도 한 칸만 떼서 입 닦고
350㎖ 1인용 곰국을
아침, 점심, 저녁, 3번에 나눠 먹고도
괜찮다며, 너는 왜 잔소리 많냐며
눈을 흘기시더라.

이 훌륭한

우리 어머니 절약 정신을

매일 보고 듣는

나는 왜 돌아서 눈물을 삼키는지

내가 왜 억울한 마음이 드는지

나도 잘 모르겠더라.

서러워서 운다

어머니가 운다.
혼자 돌아누워 운다.
서러워서 운단다.
왜 서러운지는 몰라도
그냥 서럽단다.
빨리 죽지도 못하고
내 마음 아무도 몰라주니
서러워서, 참 많이 서러워서
그냥 눈물만 난단다.

예, 어머니
울고 싶을 땐 우세요.
서러우면 서러운 대로
소리 내어 펑펑 우세요.
자, 여기 손수건 있으니
눈물 콧물 다 닦으시고
실컷 우세요.
이런 미운 말밖에 못 하는
큰아들이 미워서라도

더 크게 우세요.

울다가 울다가
울 힘도 없으면 그때
밥 달라고 하세요.

나도 살아야겠다

어머니는
치매 환자다.
돌아서면
잊어버리고
아무리 가르쳐줘도
안 되는 건
안 된다.

오늘부터
어머니 하는 대로
웃어 주고
말 붙여 주고
조곤조곤
대답해 줘야겠다.

그래야
같이 사는 날까진
죽이 되든
밥이 되든

살긴
살 수 있을 것 같다.

내가 먼저
달라지면서
살아야지
안 그러면 나도
죽을 것 같다.

어머니와 다람쥐

어머니와 다람쥐는
닮았더라.
사는 게
닮았더라.

다람쥐가
가을 내내
도토리와 알밤
주워 모아
자기만 아는 곳에
숨겨 두듯이

어머니도
살아생전
한 푼 두 푼 모은
돈이란 돈
자기만 아는 곳에
감춰 두더라.

다람쥐가
어디다 숨겼는지
잊어먹듯
어머니도
어디다 감췄는지
기억하지 못해

건넛방 장판지 밑에서
안방 장롱 이불 틈에서
부엌 장단지 속에서
벽시계 밑구녕*에서
가끔 쏟아져 나오더라.

다람쥐 망각 때문에
도토리는 싹을 틔우고
또 도토리나무로 자라
또 다람쥐에게
도토리를 돌려주듯이

---

* 벽시계 밑구녕 ― 황영진 시집 『벽시계 안 밑구녕』 제목에서 차용함.

우리 어머니 망각도
자식들에게 눈물이 되고
또 그 눈물이 힘이 되어
자식들은 또
어머니처럼 살 수 있었기에

어머니와 다람쥐는
닮아도
참 많이 닮았더라.

모전자전(母傳子傳)

환갑 넘은
남잔데도 나는
피부가 곱다.
감촉이 좋다.
부드럽고 매끈하니
만지면
느낌이 좋다.

팔순 넘은
우리 어머니도
피부가 곱다.
목욕을 시켜드리는
내 손이
꼭 새각시
속살을
만지는 것 같다.

실랑이

66살 아들과
94살 어머니가
실랑이를 한다.

어머니,
이 죽 반 그릇만 드셔요.
입 꾹 다물고
밥도 죽도 안 먹는다고
버텨도 그냥 안 죽어요.
죽고 싶다고
죽는 게 아니에요.
폐에 찬 물도 뺐고
혈압 당뇨도 다 정상이니
기력만 회복하면
집에 갈 수 있는데
왜 고집을 부리셔요.
죽고 싶다고요.
아이고 참 어머니,
저도 죽겠어요.

벌써 보름이 지났잖아요.
제발 이 죽 반 그릇만 먹고
힘내어 집으로 가자고요.

이런 실랑이가
아까 저녁 6시부터
지금 9시까지 계속되는데
한쪽은 죽으려 하고
또 한쪽은 어떻게든 살려보려 하는
이 징그러운 실랑이에

52병동 7인실
어느 환자도
간병인 누구 하나도
지겹다고
시끄럽다고
싫은 내색
않더라.

어머니 손발

자고 있는 어머니
손발을 만져 봤다.

오동통한
손발이
만지기 좋았다.

어머니 손발은
살찐 것이 아니라
얼음이 든 것이다.

한겨울 내내
시장 바닥에서
얼음물에 손 담그고
생선 다듬어
자식 먹여 살렸던
얼음손이었다.

동상에

얼었다 녹았다
반복하다
얼음발이 되었다.

자는 어머니
손발을 만져 보니
나랑 닮았다.

어머니와 과메기

겨우내
바닷바람에 햇살에
얼었다 녹았다 반복하던
과메기

서문시장 어물전에서
얼었다 녹았다 반복하던
손발로
자식들 키워내신
어머니

덕장 바닥에
눅진눅진 얼룩진
과메기 기름기가
꼭 어머니
눈물 같다.

기름기 다 빠져
비로소 맛을 완성하는

과메기가
어머니 얼굴 같다.

살아서나 죽어서나
기어코
바다 같은 맛을
만들어 내고야마는

어머니와 과메기

굴 잔치

동생이 굴을 보냈다.
김장한다고
좀 많이 샀단다.

어머니,
이 굴로 뭐할까요?

생굴 무침 할까요.
미역 넣고 굴국 끓일까요.
그냥 굴전 부칠까요.

겨울 무 썰어 넣고
굴밥 해서
양념장에 비벼 먹자요.

남는 것은
이따 저녁에
막걸리 안주 하자요.

어머니 얼굴에
꽃이 피는

굴 잔치 날

어머니 손수건

어머니 손수건은 마술이다.
꺼낼 때마다 변신한다.

코 풀 땐 휴지로
얼굴 닦을 땐 수건으로
식탁 닦을 땐 행주로
오늘은 유리창도 닦는다.

어머니가 손수건을 움켜쥔다.
나에게 안 뺏기려고 결사적이다.
다행히 알아서 잘 빨아 쓰지만
난 지켜보기 괴롭다.

새 손수건을 열 장이나 사다 줘도
새것은 서랍장 어딘가 꼭꼭 숨겨놓고
꼭 쓰던 것만 쓴다.
아직 쓸 만하다고
빨아 쓰면 깨끗하다고
절대 버리는 법이 없다.

어머니 손수건이

식탁 다리에 걸쳐 있다.

아까 목욕할 때

빨아 놓은 것 같다.

빤다고 빨았어도

자세히 보니 얼룩덜룩하다.

난 모른 척

쓰레기통에 버린다.

우리 어머니 손수건

눈앞에서 싹 사라져야

새 손수건을 꺼내는

비눗방울이다.

어머니와 밥

우리 어머니 하루 종일
내뱉는 말 중
가장 많이 하는 말

밥 먹었냐?
밥 먹어라.
밥이 맛있다.
밥만 먹어도 된다.

하루에도 열두 번
밥, 밥, 밥
밥 먹으란 소리
아까 하고 또 하고
그 소리만 한다.
그 말 말고는 다른 말
잘 안 한다.

어머니에겐 밥이
주문(呪文)이다.

관세음보살이다.

아들 걱정하는 기도문이다.

어머니 밥 먹자요.

같이 먹자요.

이리 오세요.

오늘 밥은 더 맛있네요.

밥 먹으니 살 것 같지요.

우리 어머니 몸에는

쌀밥 같은 사리가

한 말쯤은

박여 있을 것 같다.

부처님 손바닥

어머니 밥 먹었어요?
아니, 안 먹었다.
먹었네요.
밥통에 밥이 딱 먹었네요.

어머니 속옷 갈아입었나요?
아니, 안 갈아입었다.
에에 갈아입었네요.
저기 구석에 벗어 놓았네요.

어머니 파스 붙였나요?
아니, 안 붙였다.
어! 붙어 있네요.
내일 아침에 새 걸로 붙여 줄게요.

어머니 오늘 누구 놀러 왔나요?
아니, 아무도 안 왔다.
8층 어머니 왔다 갔네요.
이거 8층 김치 같은데요.

어머니 막내딸 전화 왔나요?

아니, 안 왔다.

아까 전화 받았잖아요.

미국에서 걸려온 전화, 그거 맞잖아요.

어머니, 우리 어머니

일단 무조건 아니라고 우겨도

나는 다 안다.

부처님 손바닥이다.

꽃구경

어머니, 꽃구경 가자요.
온 천지 봄이요, 꽃피는데
나가자요. 나가서
맛있는 것도 사 먹고
꽃길도 걸어 보자요.

어머니, 전농로로 가자요.
생선 다라이 이고
어머니 걸었던 그 길
기억나지요. 제가
중학교 다니던 그 길
벚꽃이 흩날린다는데
가보자요. 제 손 잡고
꽃구경 가자요.

어머니, 좋지요.
꽃 예쁘네요.
아참, 사진 찍자요.
여기 요렇게 서고

자, 찍을게요.

아이고, 우리 어머니

이쁘다요.

얼굴에 꽃 터졌다요.

어머니, 꽃구경 가자요.

힘들면 말하세요.

제가 업어드릴게요.

저 꽃 지듯

어머니 기억 사라지더라도

어머니,

이렇게만 살자요.

언제까지라도

마음만은

오늘처럼 살자요.

아무거나 대마녀

우리 어머니
아무거나 대마녀다.

반찬 뭐 만들까요?
아무거나 해라.
난 아무거나 잘 먹는다.

뭐 하세요?
추워서 옷 입는다.
런닝 위에 반팔 티
그 위에 내복
아무거나 막 껴입는다.

빨래했네요?
그래 세탁기 돌렸다.
뭐 넣었나요?
몰라.
뭐 눌렀는데요?
아무거나 눌렀다.

그래도 우리 집 세탁기
잘만 돌아간다.

어머니가 누른
밥통 스위치
취사 아닌 보온이다.
그래도 우리 집 밥통
밥이 된다.
맛만 좋다.

우리 어머니
딱 하나, 못한다.
가스불 켜기
그거는 내가 대마왕이다.
건들지도 못하게 한다.
그거 말고
아무거나 다해도 괜찮은
우리 어머니
아무거나 대마녀다.

연습(鍊習)

1번은 누구?

큰아들.

그럼 2번은 누구?

작은아들.

맞아요.

참 잘했어요.

3번은 누구?

몰라.

누구더라.

큰딸 영미!

아! 영미.

예, 3번은 큰딸 영미예요.

4번은 누구?

수경이겠지.

우와!

어머니 기억하네.
4번은 미국 사는
막내딸 수경이에요.

이제 연습해 볼게요.
저한테 전화해 보세요.
1번만 꾹 누르면
큰아들한테 전화 가니까
해 보세요.
잘하네요.

그냥 심심하면
아무 번호나 누르세요.
그럼 이모든 외삼촌이든
한결이든 바름이든
누군가 받을 테니
나 없을 때
연습해 보세요.
전화비 걱정하지 말고

그냥 생각나는 번호
꾹 누르세요.

1번은 큰아들
2번은 작은아들
3번은 큰딸

우리 어머니
기억 용량은
여기까지가
다다.

큰딸

큰딸이 왔다.
어머니 얼굴이
꽃처럼 폈다.

같이 밥 먹고
같이 자고
같이 사진첩 들춰 보면서

말도 많아지고
많이 웃고
복 터졌다.

큰딸이 갔다.
어머니 얼굴이
꽃처럼 졌다.

숙제(宿題)

우리 어머니
읽고 쓸 줄 모른다.

한때 나에게
글을 가르쳐 달라고 해서
가갸거겨
가나다라
가르친 적이 있다.

그런데 먹고살기 바빠서
돈 벌어 자식 가르치기
더 바쁘고 절실해서
나도 나 놀기 바쁘고 무심해서
결국 어머니는
선생인, 그것도 국어 선생인
나한테 글을 배우지 못했다.

요즘은 저승 가서도
자기 이름은 쓸 줄 알아야 한다며

내가 어머니 붙잡고
한글 공부 다시 시작했다.
치매 예방에 좋다기에
억지로 시키기 시작했다.

하기 싫다고
이제 와서 뭐 하냐고 뻗대기에
살살 달래가면서
그럼 이름부터 써 보자고
내가 먼저 써 놓고
그대로 따라 쓰라고
그냥 보고 그리라고
내가 옆에서 봐줄 테니
해보자고 종이 연필 꺼냈다.

자!
우리 어머니
성은 김이요, 이름은 포덕이라!

기-임

포-오

더어-기

이렇게 쓰면 되니까

이제 다섯 번만 써 보세요.

이거 숙제예요.

숙제 안 하면 선생님께 혼나요.

숙제 잘하면 상도 주니까

해 보세요.

우리 어머니

아직까지

읽고 쓸 줄 모른다.

아들 숙제라고

하긴 하는데

보지 않고는 쓰지 못한다.

나도 어머니도

어머니가 쓴 그림에

같이 웃는다.

어머니 지갑

하루에도 서너 번
돈 쓸 일도 없으면서
꺼내보고 세어보고
혼자 든든한가 보다.
아들보다 더
흐뭇한가 보다.

어버이날
둘째아들 준 용돈
서울이모 놀러왔다가
맛있는 거 사 먹으라고
찔러준 용돈
한 푼 안 쓰고
다 모아놓은
빨간색 지갑
생선 장사하던
젊은 시절부터 아끼던
비린내 묻은 지갑
이젠 다 낡아

너덜거리는 지갑
거기에만
돈 숨겨 놓았다.

그 지갑이 없어졌다.
요 며칠
나 눈치 못 채게
온 집안 다 뒤졌는데도
끝내 찾지 못했다.
발이 달려 지갑이
돌아다닌 것도 아니고
큰아들 말고는
훔쳐갈 놈도 없는데
귀신이 참 곡할 노릇이라고
눈에 힘이 풀렸다.

어머니 지갑은
서랍장 맨 아래
당신이 다음 주

생일날 입겠다는

그 예쁜 한복

그 한복 주머니 안에

곱게 숨어 있었다.

등어리 긁기

어머니가
가렵다고
등어리 긁어 달란다.

시원하게
긁어 줬으니
나도 긁어 달라고
등어리 내밀었다.

효자손보다
아들 손이 시원하고
효자손보다
어머니 손이 최고라고

매일 이렇게
긁어 주면 좋겠다고

웃으며
같이 산다.

반문(反問)

어머니,
이 아들이 무서워요?

옛날 네 아버지도
성깔 한 번 부리면
심장이 벌렁거렸는데
너도 마찬가지라
무서운 편이다야.

그래서 아들한테
뭔 말하기 무서워요?

아니, 뭐
니 인상이 그렇고
큰아들이라
입 떼기 어렵다야.

그래도 아직까지는
다 할 수 있다.

배고프면 밥 해 먹고
자고 싶으면 자면 된다.
하나도 안 어렵다.

그럼 나 대구 올라갈 테니
혼자 살래요?

마음이야 혼자도 실컷
살 것 같다만야
이젠 혼자 못 살겠지.
같이 살아야 살겠지야.
그렇겠지야?

옥수수

어머니와 내가
제일 좋아하는 간식이
옥수수다.
앉은 자리에서
다섯 개 정도는
거뜬하다.
요즘은 찰옥수수보다
생으로 먹는
초당옥수수가 좋다.
과일처럼 설탕물이
톡톡 터져
참 달다.
옥수수 알갱이를
입에 가득 물고
서로 쳐다보면서
웃는다.
먹는 모습이
더 맛있다.
오월 말부터

옥수수를 기다리는

어머니와 나의

갈증은

유월 중순쯤 되어야

겨우 풀린다.

이때부터

제주 애월읍 수산리에서

설탕옥수수 축제가

열리고

어머니와 나도

한 달 남짓

옥수수 축제를 벌인다.

벌써 입에

침이 고인다.

리어카

어머니가 뜬금없이
그 리어카
어디 있냐고 물었다.

아!
그 리어카

한여름엔
수박 싣고 다녔고
한겨울엔
오뎅 삶아 팔던
그 리어카

나중엔
어머니 생선 장사
그 든든한 동반자로
동네방네 쏘다녔던
그 리어카

가끔
시장이 파할 때
내가 대신 끌고 오던
어머니 돈주머니
그 리어카

그 리어카 때문에
그래도 돈 벌고
살 수 있었다고
어머니 기억에
자식만큼 소중했던
그 리어카

어머니 손목
문신 같은
그 리어카

야쿠르트

매주 월요일
야쿠르트 아줌마가
야쿠르트 다섯 개
배달해 준다.

하루에 한 개씩
금요일까지 먹으라고
큰딸이 주문해 줬다.

나에게 한 개 주고
어머니도 한 개 먹으면
수요일에 한 개 남고
목금토일 나흘은
못 먹는다.

밖에 나갔다 오니
야쿠르트 한 개
남았다.

오늘이 월요일인데
오늘 하루에만
혼자 세 개 먹고도
모른다.

달랑
한 개 남은 것도
또 꺼내온다.

날 주려고.

2.

간병일기
틈새 이야기

아버지 전성시대

오십여 년 전
우리 집엔
벤츠급 자가용이 있었다.

전용 주차장에
전용 차고까지 갖춘
풀옵션 최고급이었다.

그것은 말 구루마였다.

아버지는
그 말 구루마를 부리며
온갖 짐을 실어다 주고
돈을 벌던
마부였다.

한때지만
아버지는 제주시에서
가장 멋진 말을 가진
돈도 제법 많이 벌던
전성시대를 누렸다.

그 시절 아버지가
운전 면허증을 땄더라면
말 구루마 대신
용달차로 바꿨다면

아버지의 전성시대는
어떻게 되었을까?

좀 더 오래
사셨을까?

삽질

경자년 윤달 한식
삽 한 자루 들고
아버지 묘소
손 좀 보러 갔다.

양손 엄지 물집 까이고
땀범벅 얼굴
새까맣게 타고 나서야
알았다.

공사장 삽질은
몸이 힘들어서 울었고
아버지 묘소 삽질은
맘이 아파
운다는 것을.

선물

낼이 어버이날인데
돌아가신 아버지께
무슨
선물을 할까?

살아생전
이 아들과
술 한 잔
찐하게
마셔보지 못했는데

그래, 오늘은
아버지 묘소에
벌초도 하고
낮술이나
한잔하자고

선물하러 가자.

황사평에 가며

눈 뜨면
만나고 싶은
그런 사람이
있으면 좋다.

산 사람이든
죽은 사람이든
술 한 병 들고
찾아갈 수 있으면
좋다.

만날 사람이
없어도
괜찮다.

그냥 아무 데나
가면
거기 가면
만날

꽃이
있으니까
괜찮다.

오늘 나는
아이스아메리카노
한 잔 들고
여기 황사평
천주교 묘지에
왔다.

여기에도
누군가

날
꽃처럼
기다리고 있다.

봄

해마다
봄은
오지만

그냥
오는 것은
아니더라.

바람이
흔들어 깨우고

비가
촉촉이 적셔야

봄은
비로소
눈을 뜨더라.

그제서야

나하고도

눈을

맞추더라.

봄비

봄비가 옵니다.
당신이 그립습니다.

벚꽃은 피었고
목련은 지고 있습니다.

첫 만남 순간처럼
그리움에 미치지만

님은 멀리 있어
환장합니다.

아! 봄비에
환장해야만

꽃도 님도
피는가 봅니다.

봄소식

지난주 서설(瑞雪)에
오늘 단비에

매화 꽃봉오리

내일이면
피겠지.

내 기다림이
꼭
너 같다.

봄-쑥

쑥 캐러 갔다가
봄 맞으러 갔다가

봄도
쑥도
못 보고

황간역사 갤러리에서
사진으로 보았습니다.

동해식당
올갱이국으로 맛보았습니다.

반야사 문수전
부처님 미소에서 만났습니다.

봄도
쑥도

이미

싹 텄다고

귓속말로 일러 주셨습니다.

사월은

사월은
중중 환자처럼
살 일이다.

아프니까
저 봄꽃에 미치겠고

언제 죽을지 모르니까
너도 용서하고 싶다.

내가 너를
볼 날도
오늘 같기만 한다면
사월 같기만 한다면

참 감사한
인생이라
큰절하고 싶다.

눈부시게

황홀한

이 사월처럼

시한부 환자처럼

꼭 그처럼

살 일이다.

사랑하니까

어디세요?
집.
아닌 것 같은데?
집 맞는데.

뭐 해요?
책 본다.
술 먹었나요?
안 먹었다.
아닌 것 같은데?
목소리가 이상한데.

자꾸 따지고
확인하고 싶은
참 묘한
우리 대화법

아! 맞다.
사랑하니까

보고 싶은데

못 보니까

그렇다!

노을

넌 노을이다.
끝까지 멋있다.

난 널
닮고 싶다.

나도 마지막엔
아름답고 싶다.

노을로
기억되고 싶다.

너에게 물든
내 노을

사랑한다.

저승사자가

어젯밤 꿈에
저승사자가

가자.
때가 됐다.

나는
못 갑니다.

모친 살아있고
사랑하는 연인

아직 날 보낼
준비 안 됐으니

못 갑니다.
안 갑니다.

정녕 이게

제 운명이라면

지장보살님
염라대왕님

더도 말고
덜도 말고

백팔 명찰
다 돌고 돌아

첫 번째 절에
제 모든 죄를 용서하소서.

두 번째 절에
제가 사랑하는 사람에게도
행복하게 하소서.

마지막 절에

부처님 뜻대로 살게 하소서.

빌고 또 빌도록
조금만 더
살게 하소서.

발버둥 치다
침대에서 떨어진

어젯밤 꿈에
저승사자가

왔다
갔다.

문풍지를 붙이며

문풍지를 붙인다.

여기 겨울은
동지섣달 긴긴 밤
윙윙
귀신 소리 들리는 날
많다.

밤잠이라도
설치는 날이면
밤새
귀신 씨나락 까먹는
소리, 들어줘야 한다.

문풍지를 붙인다.

어머니 춥지 않게
꽃나무 얼지 않게
출입문에 붙이고

베란다 창문에 붙이고

마지막으로
내 가슴
빈틈에도 붙인다.

바람 든 무처럼
구멍 숭숭 뚫리지 않게

문풍지 붙인다.

동백(冬柏)

누구보다 먼저
사랑하기 위해

그리움 머금고
피었구나.

나도 너처럼
피어나려면

목숨 걸고
사랑해야 한다고

눈 맞아
피보다 붉은

동백(冬柏)
꽃으로 피었구나.

귀애(歸愛)

박물관 뒤뜰
그 흔들의자

그리움
한 점(點)

허공에 날리는
여름 한나절

연등(蓮燈)

연등
하나 달았습니다.

첫사랑처럼
첫눈에 반해

난생처음
머리 깎고

부처님께
귀의하고 싶은 곳

저기 가서
차 한 잔 얻어 마시라고

거기 가서
이름이나 남기라고

인연으로

불리주신 곳

나에겐
첫사랑 같은

연동사에

등 하나
달고 왔습니다.

아마도

아마도
바람처럼
살고 있을 겁니다.

내려놓고
비워 놓고
살자 했으니

비슬산 진달래 밭에서부터
마라도 갯바위 거쳐
내장산 단풍 길까지

아마도
거기 어디쯤
보살처럼
거닐고 있을 겁니다.

미소 하나만은
잃지 않고

늘 그렇게

살고 있을 겁니다.

벌초

할머니 산소에
벌초했다.

해마다 베어내도
내 키만큼 자라나는
저 잡풀들의
징그러운 생명력

얽히고설키면서
서로 기대어
흔들리며 버티는
저 억새들의
몸부림

할머니,
저 징글징글한 것들
이제야 좀 베어내고
떼어 놓으니
시원하시지요?

오늘만큼은

꽃분홍 단장에

새색시처럼

웃으시는 모습

손자가 따르는

이 술잔에

오롯이 비칩니다.

단풍 이별법

단풍도
이별을 하더라.

어차피 헤어질 걸
뚝뚝
떨어지는 놈

그래도 좋았잖아
사방사방
살랑랑 살랑랑
떠나가는 놈

널 잊을 수 없어
구질구질
꼭 달라붙어 시드는
미련 많은 놈

그래도 결국
갈 놈은 가고

남는 놈은 남고

또 만나자는
약속만
남더라.

참선(參禪)

비로자나불에
절하고

보경사
달빛을 건다.

어둠이 걷히는
5층 석탑 주변

한겨울 새벽
스님 빗자루 소리

돈오점수(頓悟漸修)

길이
열린다.

꽃밥

밥그릇에
떨어진 꽃잎
가득 담으니

어느새
한 그릇
꽃밥

이 꽃밥
배부르게 먹고
꽃이 될까?

사는 게 다

막걸리 한 병이
오늘 점심이라면
막걸리 두 병이면
저녁까지
든든하겠다.

단풍이
오늘 점심 안주라면
노을만으로도
저녁 안주거리는
충분하겠다.

혼자 산다고
더 독하게 외롭겠지만
풍경(風磬)처럼 울고
매화처럼 피면
견딜만하지 않겠나?

사랑 하나

남기고 산다면

사는 게

다

꽃길이지 않겠나?

효자손

등어리 긁어줄 사람 없고
옆구리 찌를 사람 없어
효자손이 필요했다.

밤새도록 부드럽게
안 아프게 쓰담쓰담
사랑 주고
잠 재워 주는
그런 손이 있으면 좋겠다.

그런 손이 되어줄
색시 하나 있으면 좋겠다.
나도 그 색시에게
효자손이 되고 싶다고
고백할 수 있다면
이 긴긴 겨울밤도
짧아서 아쉬울 것 같다.

등어리 긁어줄 사람 없고

옆구리 찌를 사람 없으니

효자손이 내 죽부인이다.

도다리 쑥국

도다리 쑥국 먹으며
봄을 느끼려 했는데
생선 가시가
자꾸 훼방 놉다.

봄을 입으로 먹지 말라고.

사람

어두워지는 시간
저녁밥 냄새처럼
다가오는 사람

질리지 않아서 좋다.

섬에 간다

섬에 간다.

그 사람과
갇히러 간다.

탄감자

사월 햇살
얼굴 타기 제일이다.
그까짓 것 대수냐.
하루 종일 산에서 놀다
진달래꽃 희롱하다
돌아오니
내 얼굴이 익었다.

탄감자가 되었다.

원당사 오층석탑

당신이 떠난
그리움을
여기, 원당사
오층석탑에
묻는다.

먼 훗날
어느 날
여기, 원당사
오층석탑에
오면

그리움도
사무치면
사리가
된다는 걸

당신도
알까?

사랑 하나

남기고 산다면

3.

나의 삶, 나의 시
이야기

나의 삶, 나의 시
_간병일기와 그 틈새 시 이야기

1. 처음

　간병일기와 그 틈새 시 이야기를 하기 위해서 다음과 같은 허접한 변명을 먼저 드려야 할 것 같습니다.

　이 시집에는 치매 증상을 앓고 계시는 제 어머니의 이야기를 있는 그대로 적나라하게 표현한 시들이 많습니다.

　숨기고 싶은 어머니의 치부, 무식함, 불결한 습관 등을 숨기지 않았습니다. 『어머니』라는 말은 이런 부정적인 모든 것들을 용광로처럼 다 녹여버릴 것이라고 믿었기 때문입니다.

　『어머니를 기억하기』 위해서는 있는 그대로 기억하는 것이 좋고, 일기는 솔직하고 구체적으로 쓰는 것이 좋다고 생각했습니다. 또한 기억하는 것에는 즐겁고 행복한 기억보다 슬프고 안타까운 것들이 더 감동적이고 생생하기 때문에, 그 순간순간의 장면과 상황을 가슴에서 우러나오는 대로 시로 썼습니다.

게다가 『기억하기』는 기억하는 것으로만 끝나는 것이 아니라, 감정의 정화 작용 같은 '카타르시스'를 맛볼 수 있는 것이 좋으며, 그런 정화 작용은 '더 잘 살아가기' 위한 힘의 원천이 될 수 있다고 믿었습니다.

이런 어머니의 이야기와 달리 2부의 그 틈새 시들은 제 개인적인 일상사와 감정 등을 표출한 작품입니다.

간병만 하다가 세월을 보낸 것이 아니라, 그 틈새 속에서 올레길을 걷기도 했고, 오름에 오르기도 했으며, 외로움과 고독으로 감상에 빠지기도 하는 등 나름 살아보려고 애썼던 흔적들입니다.

처음에 어머니가 뇌경색으로 쓰러져 병원에 입원하고, 다행히 경과가 좋아 퇴원을 하였음에도 불구하고, 단기 기억상실과 치매 증상으로 인해, 이제는 옆에 붙어 있어야만 하는 상황에 적잖이 당황하였습니다.

그래서 저는 '이제부터 내 인생은 어머니가 돌아가시는 날까지 어머니를 간병하면서 살아가야 하는, 참 곤란

하고 힘든 생활이 되겠구나.'라고 지레짐작하였습니다.

그런데 현실은 180도 정반대로 전개되었습니다. 물론 제가 어머니의 건망증과 불결한 습관 등 때문에 힘들었고 화가 났고 꼴도 보기 싫어 큰소리를 쳤던 적도 없지 않았지만, 전체적으로는 훨씬 자유롭고 안정적이며 여유로운 생활을 누릴 수 있었습니다.

제가 어머니를 간병하기 위하여 어머니와 함께 생활한 것도 맞지만, 어머니가 저에게 자유롭고 여유로운 은퇴 생활을 즐길 수 있게 기회를 준 것이란 생각도 이제는 맞는 것 같습니다.

하여간 이 시집에 실린 시들은 한마디로, '어머니를 모시면서 보고, 듣고, 생각하고, 느낀 것들을 진술하게 시로 표현한' 것들입니다.

그리고 그런 목적의 간병일기 시를 쓰는 와중에 틈틈이 저만의 시간과 생활을 통해 얻을 수 있었던 틈새의 이야기도 탄생할 수 있었던 것입니다.

2. 중간

　제일 적당하다고 생각되는 작품 하나를 선택하여 시적인 이야기를 조금 더 설명해 드리겠습니다.

　제가 고른 작품은 이것입니다.

　　봄비가 옵니다.
　　바람도 붑니다.

　　전농로엔
　　봄비가
　　꽃비가 되어
　　흩날립니다.

　　저는
　　살짝 치매가 온
　　어머니께
　　부침개를
　　부쳐 드립니다.

　　어머니의 미소가

연분홍 치마처럼

꽃비처럼

흩날리는

바람 불고

봄비 오는

어느 늦은

봄날입니다.

「2021년 봄비」 전문

　다른 작품들에 비해 어머니의 치부를 잘 감추어 놓았으며, 치매라는 병을 앓고 있는 어머니의 모습을 '연분홍 치마처럼 꽃비처럼 흩날리는 미소'로 아름답게 치장해 놓았습니다. 간병하는 저는 '어머니에게 부침개를 부쳐 드리며 나름 함께 보기 좋게 잘 살아가고 있다.'는 긍정적인 모습을 독자들에게 보여줄 수 있는 작품이라고 판단하였기 때문입니다.

　특별히 주제를 돋보이게 내세우지도 않았으며 어렵게 감추어 놓지도 않았습니다. 은유나 상징 같은 시적 기교를 사용한 곳도 없으며 그냥 담담히 풍경 사진 한 장을 현상하여 보여주는 것 같은 시라고 생각합니다.

독자들은 시인이 의도하는 흐름대로,『봄비가 오고 바람이 부는데 → 제주 전농로라는 거리에 벚꽃비가 한창이로구나. → 시인은 살짝 치매기가 온 어머니에게 부침개를 부쳐드리고 있고 → 어머니가 좋아서 웃는 모습이 영화의 한 장면처럼 → 연분홍 치마가 봄바람에 휘날린다는 유행가 한 자락 같은 → 어느 봄비 오는 날 오후』를 이렇게 시로 표현하였구나 하고 충분히 이해할 수 있을 것입니다.

개인적으로 아끼는 시 한 편 다시 여기 인용해 봅니다.

어머니, 꽃구경 가자요.
온 천지 봄이요, 꽃피는데
나가자요. 나가서
맛있는 것도 사 먹고
꽃길도 걸어 보자요.

어머니, 전농로로 가자요.
생선 다라이 이고
어머니 걸었던 그 길
기억나지요. 제가

중학교 다니던 그 길
벚꽃이 흩날린다는데
가보자요. 제 손 잡고
꽃구경 가자요.

어머니, 좋지요.
꽃 예쁘네요.
아참, 사진 찍자요.
여기 요렇게 서고
자, 찍을게요.
아이고, 우리 어머니
이쁘다요.
얼굴에 꽃 터졌다요.

어머니, 꽃구경 가자요.
힘들면 말하세요.
제가 업어드릴게요.
저 꽃 지듯
어머니 기억 사라지더라도
어머니,
이렇게만 살자요.
언제까지라도

마음만은

오늘처럼 살자요.

「꽃구경」 전문

제주시 전농로는 왕벚꽃으로 유명한 곳입니다. 매년 3월 말경에 '왕벚꽃 축제'도 열렸었는데, 최근 3년간은 코로나 때문에 축제가 열리지 못했습니다.

어머니는 이 거리를 머리에 생선 담은 다라이를 이고 "고등어나 갈치 사세요."라고 외치면서 발품 행상을 하셨습니다. 당시 중학생인 저는 그 거리에 있던 거기 모 중학교에 다녀서 벚꽃이 흐드러지게 피어 있었던 모습을 잘 기억하고 있습니다.

어머니가 잘 거동을 못 하시기에, 어디라도 한 번 나갔다 오려면 여간 귀찮고 힘든 일이 아닙니다. 옷을 입혀 드리고 차에 태우고 내려서 손잡고 걷는다는 게, 나나 어머니나 쉬운 일이 아닙니다.

하지만 이렇게 좋은 날, 지금이 아니면 또 언제 볼까 하는 마음으로 나가서 꽃구경도 하고 맛있는 것도 사

먹고 사진도 찍고 업어도 드리고 하면서 잠시 시간을
내서 다녀온 정경이 시속에 고스란히 잘 드러나 있어서
참 좋습니다.

그리고 결정적으로, 우리 어머니가 단 하루만 지나도
어제 아들이랑 꽃구경 다녀왔다는 사실을 잘 기억하지
도 못하겠지만, '언제까지나 마음만은 오늘처럼 살자.'
라고 다짐하는 화자의 모습에 독자들이 공감할 수 있을
것 같아 더 마음에 들었습니다.

그래서 편하고 쉽고 좋긴 한데, "과연 이런 작품이 좋
은 시냐? 잘 쓴 작품이냐? 수준이 높으냐?"를 따진다면
저는 온전히 독자들이 선택하고 평가할 몫이라고 대답
하고 싶습니다.

한편 이런 간병의 와중에서도 오롯이 제 개인적인 감
정을 담은 그 틈새의 시로는 다음 작품을 골라 보았습
니다.

봄비가 옵니다.
당신이 그립습니다.

벚꽃은 피었고
목련은 지고 있습니다.

첫 만남 순간처럼
그리움에 미치지만,

님은 멀리 있어
환장합니다.

아! 봄비에
환장해야만

꽃도 님도
피는가 봅니다.

「봄비」 전문

어떻습니까? 이렇게 앞에 인용한 두 작품과 대놓고
비교해 보니까 차이를 쉽게 발견할 수 있지 않습니까?
전자는 어머니를 간병하면서 쓴 시고, 이번 인용한 작
품은 그 틈새 사이에서 솟구쳐 나온 시라는 것을요.

저는 시 공부를 할 때나 시를 가르칠 때, "시는 분석하고 해석하는 것이 아니라, 감상하고 깨달아, 자기 삶으로 내면화하는 것이다."라고 입에 거품을 물곤 했습니다.

또 시를 쓸 때나 다른 사람의 시를 읽을 때, "시는 참 좋아. 긴 이야기를 주저리주저리 늘어놓지 않아도 되고, 그저 한방에 할 얘기 다 녹여내니까."라고 가슴 먹먹하곤 했습니다.

먹고살기 바쁘고 삶이 힘든 와중에도 시심(詩心)을 애써 퍼 올릴 때, "배고프면 밥 먹어야 하고 술 고프면 술 마시듯이 외롭고 슬프고 기쁘고 사랑하면서 살아가는 순간 순간마다, 삶의 한 흔적으로서 시는 늘 우리 곁에 있다."라고 위로를 주고받곤 했습니다. '빈 어깨를 슬그머니 내어 주는 시'에게 머리를 기대곤 했습니다.

이처럼, 『봄비가 오니까 당신이 그립고 → 그 사이 벚꽃은 피고 목련은 지고 있는데 → 누군가에 대한 그리움으로 미칠 지경이지만 → 그 누군가인 님은 멀리 있어 환장하겠지만 → (님은 제가 환장하고 있는지 미칠 지경인지 알기나 하겠습니까?) → (그래서 꽃이 피는 것도 그냥 피는 것이 아니라) → 봄비에 환장해야만 피는 것처럼 → 시

인도 무엇엔가 환장할 정도의 절실함이 있어야 → 사랑
이든 그리움이든 성숙하는 것이다.』라고 말하고 싶었
던 것입니다.

한 작품을 더 인용해 보겠습니다.

막걸리 한 병이
오늘 점심이라면
막걸리 두 병이면
저녁까지
든든하겠다.

단풍이
오늘 점심 안주라면
노을만으로도
저녁 안주거리는
충분하겠다.

혼자 산다고
더 독하게 외롭겠지만
풍경(風磬)처럼 울고

매화처럼 피면

견딜만하지 않겠나?

사랑 하나

남기고 산다면

사는 게

다

꽃길이지 않겠나?

「사는 게 다」 전문

어머니를 간병하는 그 틈새의 시간에 올레길도 걷고
오름도 오르고 막걸리도 마시고 노을도 보면서 행복하
고 부러운 시간을 보내는 것 같지만, 그 깊은 내면은 고
독하고 외로울 수밖에 없습니다. 말로야 편하고 여유
있게 인생을 즐기고 있다고 애써 위안을 삼지만, 결국은
어떻게 사느냐 하는 문제는 오로지 저의 문제였습니다.

그 해답으로 '사랑 하나 남기고 산다면, 사는 게 다 꽃
길이다.'라고 저는 제 스스로에게 자문자답한 시입니다.

다음으로 이 시집 전체를 관통하고 있는 대표적인 시

어는 바로『기억』입니다. 이 기억은 시인 본인을 비롯하여 시인과 가장 가까운 부모 형제 사랑하는 사람들에 대한 애정과 감사함일 것입니다. 즉 기억할 수 있기에 사는 것이고 기억할 수 있기 때문에 힘이 나는 것이라고 말하고 있습니다.

또한 이 기억은『가난』과 늘 더불어 함께 나눌 수밖에 없었던 숙명이었고 저는 숙명적으로 그 가난함을 받아들이고 인정하였으며 가난한 삶속에서도 긍정적인 참 의미를 찾고자 했습니다.

아들아! / 나 한 이십만 원만 해주라. // 그걸로 서부두 가서 / 고등어 한 다라이 사고 / 서문시장 가서 팔면 / 오만 원은 벌 수 있다. //

어머니 손발은 / 살찐 것이 아니라 / 얼음이 든 것이다. / 한 겨울 내내 / 시장 바닥에서 / 얼음물에 손 담그고 / 생선 다듬어 / 자식 먹여 살렸던 / 얼음손이었다. // 동상에 / 얼었다 녹았다 /얼음발이 되었다. //

이처럼 이 시집에 실린 대부분의 시는 '기억'을 바탕으로 하여 현재의 상황과 처지를 이야기를 들려주는 것 같은 작품이 대부분입니다.

하지만 이는 결코 '과거의 회상'이나 '추억의 반추'라고 말하고 싶지는 않습니다. 과거의 기억들이 오늘이나 미래의 힘이 되고 용기가 되고 쓸모 있는 이정표가 되기 때문에 부끄럽지 않다는 것입니다.

마지막으로 이런 변명을 꼭 남기고 싶습니다.

이 시집의 1부 '참새와 청개구리 이야기'는 "시가 너무 설명적이다. 압축과 여운이 부족하다. 시라기보다는 줄거리가 있는 이야기 같다."라는 등의 지적이 가능할 것입니다.

물론 이런 지적에 전적으로 수긍합니다. 다만 이런 시는 전체적인 줄거리를 통해 새로운 상상을 할 수 있다는 장점이 있습니다. 자기 자신과 견주어 보면서 성찰하거나 화자의 입장에서 삶을 들여다볼 수 있어 좋습니다. 사실 이렇게 시를 쓰는 연습이 필요하고 중요하다고 생각합니다. 세상에 처음부터 교과서에 나오는 유명한 시처럼 운율과 압축, 이미지, 주제 의식 등이 완벽한 시를 쓰기는 불가능하기 때문입니다.

따라서 이 시들처럼 풀어쓰더라도 진솔한 삶의 모습으로 보여주는 시가 저는 좋습니다. 쉽게 보여주고 쉽게 써 보도록 권할 수 있어 더욱 좋습니다. 억지로 해설하지 않아 좋습니다.

일상을 바탕으로 하는 시는 식상하기 쉽습니다. 맞습니다. 그러나 일상적일지라도 진실함이 담겨있는 시는 결코 식상하지 않습니다. 일상적인 삶이 잘 녹아 있는 시는 일상의 삶을 카메라처럼 그냥 비춰주기만 하는 것이 아니라 그 삶에 의미를 부여하기 때문입니다. 그러면서 삶의 희망을 은근히 노래할 수 있으면 더 좋습니다. 핏대를 세우지 않더라도 더 가슴을 진하게 울리는 그 무언가를 담아낼 수 있다면 금상첨화일 것입니다.

물론 그것은 시를 쓴 저의 몫이기도 하지만 시 속의 화자나 독자가 채워갈 몫이기도 합니다.

3. 끝

저는 여전히 어머니와 함께 제주시에 살고 있습니다. 어머니의 치매 증세가 아주 심하게 나빠지지 않은 것만으로도 다행입니다. 이러다가 100살까지도 살 것 같다고 농담도 합니다. 지키지 못할지라도 지금 마음으로는 절대 요양원이나 병원에 보내지 않겠다고 약속도 했습니다.

어머니가 오래오래 사시고 저 또한 삶의 시를 열심히 써서 또 새로운 시집 한 권을 바칠 수 있었으면 참 좋겠습니다. 그런 마음으로 살겠습니다.

제 별명 같은 다음 시처럼 살겠습니다.

사월 햇살
얼굴 타기 제일이다.
그까짓 것 대수냐.
하루 종일 산에서 놀다
진달래꽃 희롱하다
돌아오니

내 얼굴이 익었다.

탄감자가 되었다.

「탄감자」 전문